山田伸子 著

大新書局　印行

目次

登場人物 ……………………………………………… 6

16-1 暑い？ …………………………………………… 8

16-2 暑いですか ……………………………………… 10

17-1 長い？ 短い？ ………………………………… 12

　　　 かえるの 合唱 ………………………………… 15

17-2 長いですか ……………………………………… 16

18-1 何が ほしい（の）？ …………………………… 18

18-2 何が ほしいですか ……………………………… 20

19-1 どんな カメラが ほしい（の）？ ……………… 22

19-2 どんな カメラが ほしいですか ………………… 24

20-1 きれいじゃ ない ………………………………… 26

20-2 きれいでは ありません ………………………… 28

21 数の 数え方 ……………………………………… 30

22-1	どこへ 行くの？	34
22-2	どこへ 行きますか	36
	数えましょう	37
23-1	何時に 起きる？	38
23-2	何時に 起きますか	40
24-1	何 食べる？	42
24-2	何を 食べますか	44
	鳴き声 遊び	46
25-1	公園へは 行かない	48
25-2	公園へは 行きません	50
26-1	できる？	52
26-2	英語が できますか	54

ECHO TALKの使い方

關於ECHO TALK：

　　ECHO TALK點讀發音教學筆是一款利用高科技數碼技術為兒童學習語言而設計的優秀產品，開闢了語言學習劃時代的革命。

　　ECHO TALK點讀發音教學筆含有學習、聽力訓練等功能，是老師和學習者首選的電子學習工具。

　　ECHO TALK點讀發音教學筆它的操作極為便利，外觀上相當輕巧，攜帶非常方便。融合知識性與趣味性為一體，在培養孩子自主學習興趣的同時，也能開發智力，激發潛能，讓學習變得輕鬆又快樂。

產品功能介紹與操作說明：

- 打開背面電池盒蓋，依照正負極標示正確裝入2個"AAA"電池，蓋上電池蓋。
- 開機時，輕壓電源鍵2~3秒，待電源指示燈亮起即可使用，關機時則反之。
- 如需調節音量，按音量鍵即可，不會中斷當前的發音。使用耳機時，建議音量不要過大，以免傷害聽力。
- 選取你想要學習的配套教材，開始點讀所要閱聽的內容。
- 使用ECHO TALK點讀發音教學筆點讀時，筆應和書保持角度70°以上，輕輕一點後即可。
- 需下載或更新檔案時，請利用USB連接線連接電腦。
- 如果待機3分鐘沒有使用，ECHO TALK點讀發音教學筆會自動關機。

頁面點讀功能圖解：

登場人物
(とうじょうじんぶつ)

国男(くにお)

景子(けいこ)

高志(たかし)

純(じゅん)

徳(とく)

登(のぼる)

登場人物(とうじょうじんぶつ)

君(きみ)

進(すすむ)

さとし

増夫(ますお)

小夜子(さよこ)

とし子(こ)

しゅん

暑い？

❹ 今日、寒い？

❺ うん、寒い（よ）。

❻ ぼく、寒くない（よ）。

❼ 国男くん、きみ、弱い？

❽ ううん、ぼく、強い（よ）。

16-2 暑いですか

今日は 暑いですか。
☞ はい、暑いです。
　　いいえ、暑くないです。

今日は 寒いですか。
☞ はい、寒いです。
　　いいえ、寒くないです。

国男くんは 弱いですか。
☞ いいえ、弱くないです。
　　強いです。

練習

暑いですか

大きいです ——— 大きくないです

小さいです ——— 小さくないです

かわいいです ——— かわいくないです

おいしいです ——— おいしくないです

ねむいです ——— ねむくないです

難しいです ——— 難しくないです

17-1 長い？ 短い？

(1)

❶ 象の 鼻、長い？

❷ うん、長い。

❸ じゃ、象の しっぽも 長い？

❹ ううん、短い。

長い？ 短い？

❺ お母さん、こわい？

❻ うん、こわい。

❼ じゃ、お父さんは？

❽ やさしい。

長い？短い？

(2)

❶ 空、青い？

❷ うん、青い。

❸ じゃ、雲は？

❹ 雲、白い。

❺ バナナ、どんな色？

❻ 黄色い。

かえるの 合唱(がっしょう)

かえるの うたが

きこえて くるよ

クワ クワ クワ クワ

ケケケケ ケケケケ

クワ クワ クワ

かえるの がっしょう

17-2 長いですか

(1)

象の鼻は
長いですか。

☞ はい、長いです。

象の しっぽも
長いですか。

☞ いいえ、
短いです。

お母さんは
こわいですか。

☞ はい、
こわいです。

お父さんも
こわいですか。

☞ いいえ、
こわくないです。

(2)

空は
青いですか。

☞ はい、
青いです。

雲も
青いですか。

☞ いいえ、
白いです。

バナナは
どんな 色ですか。

☞ 黄色いです。

長いですか

練習

青い　　赤い　　白い　　黒い

茶色い　黄色い　緑　　むらさき

ピンク　　グレー

18-1 何が ほしい(の)？

(1)

1. ぼく、カメラが ほしい。
2. ぼく、テレビゲームが ほしい。
3. ぼく、車が ほしい。
4. わたし、お兄さんと 妹が ほしい。

(2)

何が ほしい（の）？

① わたし、お姉さんと弟が ほしい。

② ぼくは カメラも 妹も 弟も全部 ほしくない（よ）。

③ 本当？
どうして？

18₋₂ 何（なに）が ほしいですか

先生（せんせい）は 何（なに）が ほしいですか。

☞ わたしは カメラが ほしいです。

俊基（としき）くんは 何（なに）が ほしいですか。
☞ ぼくは テレビゲームが ほしいです。

小夜子（さよこ）ちゃんは 何（なに）が ほしいですか。

☞ わたしは 妹（いもうと）が ほしいです。

高志（たかし）くんは 何（なに）が ほしいですか。
☞ ぼくは 何（なに）も ほしくないです。

練習

何が ほしいですか

犬（いぬ）

ねこ

自転車（じてんしゃ）

おじいさん

おばあさん

ピアノ

19-1 どんな カメラが ほしい(の)?

① どんな カメラが ほしい?

② 小(ちい)さい カメラが ほしい。

③ どんな 車(くるま)が ほしい?

④ 赤(あか)い 車(くるま)が ほしい。

どんな カメラが
ほしい（の）？

❺ どんな 妹が
ほしい？

❻ 元気な 妹が ほしい。

練習

車 ← 小さい／大きい／安い／日本の

カメラ ← 小さい／赤い／新しい／アメリカの／きれいな

19-2 どんな カメラが ほしいですか

先生は 何が ほしいですか。
☞ カメラが ほしいです。

どんな カメラが ほしいですか。
☞ 小さい カメラが ほしいです。

玉ちゃんは 何が ほしいですか。
☞ 車が ほしいです。

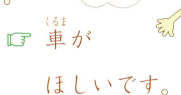

どんな 車が ほしいですか。
☞ アメリカの 車が ほしいです。

どんな カメラが ほしいですか

真利子ちゃんは 何が ほしいですか。　☞ 妹が ほしいです。

どんな 妹が ほしいですか。　☞ 元気な 妹が ほしいです。

練習

かわいい
おとなしい　｝妹
元気な

やさしい
親切な　　｝お兄さん
ハンサムな

20-1 きれいじゃ ない

きれいじゃ ない

❼ 日本語、上手？

❽ ううん、まだ 上手じゃ ない（わ）。

さとしくん、❾ どうしたの？ 元気じゃ ないね。

❿ ぼく、病気（だよ）。

20−2 きれいでは ありません

この 服は きれいですか。

☞ はい、きれいです。

この くつは きれいですか。
☞ いいえ、きれいでは
　ありません。

へびは 好きですか。

☞ いいえ、好きでは
　ありません。
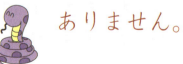

日本語は 上手ですか。
☞ いいえ、まだ
　上手では ありません。

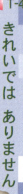

きれいでは ありません

さとしくん、今日(きょう)は 元気(げんき)では ありませんね。どうしましたか。

☞ ぼくは 病気(びょうき)です。

練習(れんしゅう)

好(す)きです ——— 好(す)きでは ありません

有名(ゆうめい)です ——— 有名(ゆうめい)では ありません

きれいです ——— きれいでは ありません

静(しず)かです ——— 静(しず)かでは ありません

簡単(かんたん)です ——— 簡単(かんたん)では ありません

21 数の 数え方

(1)

1	ひとつ	1枚	いちまい
2	ふたつ	2枚	にまい
3	みっつ	3枚	さんまい
4	よっつ	4枚	よんまい
5	いつつ	5枚	ごまい
6	むっつ	6枚	ろくまい
7	ななつ	7枚	ななまい
8	やっつ	8枚	はちまい
9	ここのつ	9枚	きゅうまい
10	とお	10枚	じゅうまい
?	いくつ？	何枚？	なんまい

数(かず)の 数(かぞ)え方(かた)

(2)

1	1台(いちだい)	1階(いっかい)
2	2台(にだい)	2階(にかい)
3	3台(さんだい)	3階(さんがい)
4	4台(よんだい)	4階(よんかい)
5	5台(ごだい)	5階(ごかい)
6	6台(ろくだい)	6階(ろっかい)
7	7台(ななだい)	7階(ななかい)
8	8台(はちだい)	8階(はっかい)
9	9台(きゅうだい)	9階(きゅうかい)
10	10台(じゅうだい)	10階(じゅっかい)
?	何台(なんだい)？	何階(なんがい)？

CD T-49

数の 数え方

(3)

1	いっさつ 1冊	いっぽん 1本
2	にさつ 2冊	にほん 2本
3	さんさつ 3冊	さんぼん 3本
4	よんさつ 4冊	よんほん 4本
5	ごさつ 5冊	ごほん 5本
6	ろくさつ 6冊	ろっぽん 6本
7	ななさつ 7冊	ななほん 7本
8	はっさつ 8冊	はっぽん 8本
9	きゅうさつ 9冊	きゅうほん 9本
10	じゅっさつ 10冊	じゅっぽん 10本
?	なんさつ 何冊？	なんぼん 何本？

数の 数え方

（4）

1	いっぴき 1匹	ひとり 1人
2	にひき 2匹	ふたり 2人
3	さんびき 3匹	さんにん 3人
4	よんひき 4匹	よにん 4人
5	ごひき 5匹	ごにん 5人
6	ろっぴき 6匹	ろくにん 6人
7	ななひき 7匹	ななにん 7人
8	はっぴき 8匹	はちにん 8人
9	きゅうひき 9匹	きゅうにん 9人
10	じゅっぴき 10匹	じゅうにん 10人
?	なんびき 何匹？	なんにん 何人？

22-1 どこへ 行くの？

1. 登くん、どこへ 行くの？

3. ぼくも 行く。

2. 道子ちゃんの うちへ 行くの。

4. 文子ちゃん、どこへ 行くの？

5. 学校へ 行くの。

6. 先生、どこへ 行くの？

7. 教室へ 行くの。

練習(れんしゅう)

どこへ 行(い)くの?

デパート

山(やま)

海(うみ)

運動場(うんどうじょう)

プール

幼(よう)ち園(えん)

22-2 どこへ 行きますか

登くん、
どこへ 行きますか。

☞ 道子ちゃんの
　　うちへ 行きます。

文子ちゃん、
どこへ 行きますか。

☞ 学校へ 行きます。

先生、どこへ 行きますか。

☞ 教室へ 行きます。

数えましょう

1. 女の子、何人？（　　）

2. 男の子、何人？（　　）

3. 長い えん筆、何本？（　　）

4. 短い えん筆、何本？（　　）

5. 大きい りんご、いくつ？（　　）

6. 小さい りんご、いくつ？（　　）

23-1 何時(なんじ)に 起(お)きる？

① 日曜日(にちようび)、何時(なんじ)に 起(お)きる？

② 8時(はちじ)に 起(お)きる（よ）。

③ 月曜日(げつようび)、何時(なんじ)に 起(お)きる？

④ 7時(しちじ)に 起(お)きる（よ）。

何時に 起きる?

❺ 土曜日、何時に ねる（の）？

❻ 10時に ねる（わ）。

❼ 明日、何時に ねる（の）？

❽ 9時に ねる（わ）。

23-2 何時に 起きますか

日曜日、

何時に 起きますか。

☞ 8時に 起きます。

月曜日、

何時に 起きますか。

☞ 7時に 起きます。

土曜日、

何時に ねますか。

☞ 10時に ねます。

明日（あした）、何時（なんじ）に ねますか。

☞ 9時（くじ）に ねます。

何時（なんじ）に 起（お）きますか

練習（れんしゅう）

6時（ろくじ）

11時（じゅういちじ）

4時（よじ）

10時（じゅうじ）半（はん）

9時（くじ）30分（さんじゅっぷん）

7時（しちじ）15分（じゅうごふん）

6時（ろくじ）25分（にじゅうごふん）

8時（はちじ）30分（さんじゅっぷん）

11時（じゅういちじ）35分（さんじゅうごふん）

24-1 何食べる？

1. 増夫くん、何食べる（の）？
2. ぼく、ラーメン食べる（よ）。
3. 君ちゃん、何食べる（の）？
4. わたし、おにぎり食べる（の）。
5. だれといっしょに？
6. お母さんといっしょ。

練習(れんしゅう)

何(なに) 食(た)べる?

うどん

ラーメン

すきやき

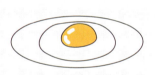
目玉焼(めだまや)き

おにぎり

てんぷら

24-2 何を 食べますか

君ちゃんは 何を 食べますか。

☞ ラーメンを 食べます。

だれと いっしょに 食べますか。

☞ お母さんと いっしょに 食べます。

増夫くんは 何を 食べますか。

☞ ぼくは ハンバーガーを 食べます。

だれと 食べますか。

☞ 一人で 食べます。

練習（れんしゅう）

何（なに）を 食（た）べますか

ハンバーガー

ピザ

お弁当（べんとう）

プリン

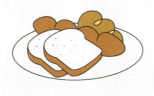
パン

おすし

鳴き声 遊び

先生 ： 鳴いた、鳴いた。

生徒 ： 何が 鳴いた？

先生 ： 犬が 鳴いた！

生徒 ： ワン！ ワン！

1. ぶた　　ブーブー

2. 犬　　　ワンワン

3. ねこ　　ニャーン

4. ひよこ　ピヨピヨ

5. 馬　　　ヒヒーン

鳴き声遊び

6. 牛（うし）　　モーモー

7. ねずみ　　チューチュー

8. からす　　カーカー

9. すずめ　　チュンチュン

10. にわとり　　コケコッコー

11. かえる　　クワクワ（ケロケロ）

12. さる　　キャキャ

13. きつね　　コンコン

14. やぎ　　メーメー

15. せみ　　ミーンミーン

25-1 公園へは 行かない

❶ 徳くん、公園へ 行く（の）？

❷ ううん、行かない。学校へ 行く（の）。

❸ しゅんくん、パン屋へ 行く（の）？

❹ ううん、行かない。本屋へ 行く（の）。

練習

公園へは 行かない

おもちゃ屋

本屋

パン屋

花屋

とこ屋（理はつ店）

映画館

25-2 公園へは 行きません

徳ちゃんは 公園へ 行きますか。

☞ いいえ、行きません。
　 学校へ 行きます。

しゅんくんは パン屋へ 行きますか。

☞ いいえ、行きません。
　 本屋へ 行きます。

練習(れんしゅう)

公園(こうえん)へは 行(い)きません

学校(がっこう)

公園(こうえん)

海(うみ)

プール

バス停(てい)

駅(えき)

26-1 できる？

① 英語、できる？

② うん、できる（よ）。もちろん！

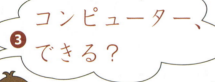
③ コンピューター、できる？

④ ううん、できない（わ）。

⑤ じゃ、水泳は？

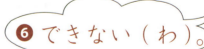
⑥ できない（わ）。

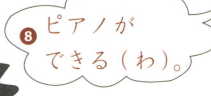
⑦ じゃ、何ができる（の）？

⑧ ピアノができる（わ）。

練習 (れんしゅう)

できる？

バイオリン

ダンス

すもう

空手 (からて)

トランプ

カラオケ

習字 (しゅうじ)

26-2 英語が できますか

等くんは 英語が できますか。

☞ はい、できます。

玉ちゃんは コンピューターが できますか。

☞ いいえ、できません。

では、何が できますか。

☞ わたしは ピアノが できます。

練習(れんしゅう)

英語(えいご)が できますか

かごめ

つな引(ひ)き

うで立(た)てふせ

つり

なわとび

けん道(どう)

新式樣裝訂專利 請勿仿冒
專利號碼 M 249906 號

本書原名 -「たのしいこどものにほんご」

新・楽しい子供の日本語 −日常篇−

2009年（民 98）1月1日 第1版 第1刷 發行
2013年（民 102）5月1日 第1版 第4刷 發行

著　　者	山田伸子
發 行 人	林　　寶
責任編輯	石川真帆
發 行 所	大新書局
地　　址	台北市大安區 (106) 瑞安街 256 巷 16 號
電　　話	(02)2707-3232・2707-3838・2755-2468
傳　　真	(02)2701-1633・郵政劃撥：00173901
登 記 證	行政院新聞局局版台業字第 0869 號

香港地區	香港聯合書刊物流有限公司
地　　址	香港新界大埔汀麗路36號 中華商務印刷大廈3字樓
電　　話	(852)2150-2100
傳　　真	(852)2810-4201

Copyright © 2006 Nobuko Yamada. All right reserved.
「新・楽しい子供の日本語 - 日常篇 -」由 山田伸子 授權。任何盜印版本，即屬違法。
版權所有，翻印必究。ISBN 978-986-6882-93-7 (B309)